洞窟の麦

田中健太郎

思潮社

洞窟の麦

田中健太郎

思潮社

装幀＝思潮社装幀室

目次

洞窟の麦

洞窟の麦

洞窟の中
闇の肥料と水で育てた麦は
誰にも知られぬまま
黄金色に稔った
闇の風にそよぎ
闇の香りを振りまいた

息を止めていると
ときおり青い閃光が走り
それに耽溺した

誰にも知られぬ収穫の日
闇の歌を歌い
闇の祭を祝った
闇の鎌で刈り取り
闇の竈で焼いて
朝食にして食べた

隠し持っていた穀物は
ある日失われた
誰にも知られぬまま
記憶は葬られた

夜に始まり
夜の内に完結した
暗黒農業の終焉

闇の中で
失ったのは
他者ではなく

階段を昇ると
とてつもない河景色がひろがった
たくさんの暗みをつつみこんで
すべてが光に晒されている

振り返ると
光は闇よりも大きかった

永遠の尻尾

今
永遠に触っている

それは見えない
それは理解できない
そこに参加することも
我が物にすることもできない
まして自分自身が
永遠になることなど

できることは
その尻尾にソッと触れるだけ

死すべき人の作った
音に
色に
形に
永遠を見つけ出す

その匂いと手触りを
素裸になって
目を閉じ
頭を下げて感じる
いつもそこにある太陽の熱を
もっと身近に感じる

ゆめゆめ自分が
永遠になろうなどと思うな

できあがった作品ではなく
それを求めた心が
それを求める心が
永遠に触っている

大地と海の塩

舐めてみると
微かに塩の味がした
まだ生きている

すべての命は海に産まれた
それから何億年
進化の果てに海を離れた者たちは
暖かな海水を忘れられず
からだの中に小さな海を持った
だから動物は

塩がなくては生きられない

からだに危険が迫ると
塩水が全身を駆け巡る
心たかぶるときには
両目から塩水を流す

大陸では
塩は大地に属するもの
地面を深く掘り
岩塩を切り出した
その跡に残った塩の天地に
塩の伽藍を建て
塩の祭壇を設け
塩のマリアを刻んだ
永遠に崩れぬ塩の聖地

日本では
塩は海に属するもの
海水を汲み
砂浜に薄く撒き散らす
乾き始めた表面を削り取り
海水を加えて煮沸する
こうして塩の結晶が得られるが
海には痕跡を残さない
汐汲みの翁は昨日も今日も千年後も
同じ労苦を繰り返す

海面下四百十八メートル
地上でもっとも低いユダヤの地に
すべての川が流れ込む
行き詰まりの死の海

ここから逃れる術はなく
気化して天に召されるのを待つだけ
流浪の途上で絡め取ってきた
地上の塩をすべて手放して

何もかも引き受けた水は
あまりに濃く
あまりに辛く
誰ひとり受け止められない
孤独な死の海となる

ひとしずく

自然に任せれば
ただ流れ去ってしまう液体を
手元に留め
服従させるため

地の窪みに似せて
泥を捻り
業火で焼成した器に溜めて
飲み干した

光が漲る

水から生まれたはずなのに
与えられた僅かな水に咽せるのは
からだ中がすっかり陸のものとなり
乾いてしまっているから

流れ出た液体を
再びからだに戻すと
体内に
海が甦る

何億年も立ち尽くす
意志を失った海藻が揺れる
光の届かない海底で
私は眼のない魚に変わる

牡丹と夕暮れ

永らく読みかけの本に
挿んでいたしおり紐が
すべり落ちそうになって
積み重ねてきた地点が
不明になりかけている

勝負が見え始めたマラソン中継を
追いかけるのも一興かと思った途端に
自分のアキレス腱が切れかけて
まだ届かない痛みを
忘れようとしている

何も怖くないと言い張れるほど
元気な若者ではなかったが
知らぬうちに周りを苛んでいたと
いまさら気づかされて
取り返しのつかない恥ずかしさに悶えている

見るのも嫌だった
若い人たちのジタバタが
今は牡丹の花群れだ

もう終わりかけの一日
少し腰を下ろそうかと思ったところに
我が物顔の暗黒が垣間見えて
それを横走りで
かわそうとしている

過剰な肉体の日々

世界はどこまで縮むのだろう
生き物としての寿命が
ほぼ終わりつつあるのだが
平均余命はまだ三十年もあるという
この排他的なギフトを甘受する

やせっぽちで不安な日々
なけなしのエネルギーも制御できずに
苦しんでいた泥だらけの季節を
手回しのミルでガリガリ挽き

粗いネルで濾して
たどりついた熱い
マグカップの淵を歩いた

伯父たちはそれを眺めて
内側に留まるか
それとも外側に堕ちるかに
小銭を賭けていた

誇りにするほどでもないが
ここまでは生き延びた

過剰な肉体の日々は過ぎたが
それは確かに手中にあった
いまは遠い友が恋しい
最も充実した肉体を

飽くほどに分かち合えた年月

失われたものを取り戻そうなどと思うな
失ったこともまた豊かなことだ
終わりを告げる喜びもまた
豊かな生の一部だ

遮断機

「天にたいして
やや　ななめ
地にたいして
やや　ななめ」

まど・みちおさんが描いたキリン
もっと遠くを見ようと
極限まで伸ばした首

地面から少しだけ離れた

黒革靴の踵
前のめりの肩　背中
汗ばんだてのひら

親子兄弟が三人
縦に連なる継ぎ獅子
はるかな高みに達する
ドゴン族のマスク

幸運を疑い
不運を笑う

鳴り響く警戒音
どこかひっかかって
水平になりきれない遮断機
傍らで首をすくめたクレーン車が

信号待ちをしている

撓んだ電線は
まもなく撤去され
ひとりになった電柱には
引き込み線が一本だけ
残されている

ブロック塀

オフィスを出てすぐのところで
大きな音を立てて工事をしていたが
　数時間の後
一枚のブロック塀が撤去された

　一人の少女の命と引き換えに
全国の幼稚園・学校・大学の敷地と通学経路で
危険なブロック塀の緊急点検がなされた
　その結果の措置なのだろう

自転車置き場の壁であったブロック塀
　なくなってみると　もはや

壁があったことを思い出せない
なぜ壁が必要だったか
にわかに思いつかない

一枚の塀のために失われた一人の少女の命たくさんの男女の命

ザラザラの障壁がなくなり
通りから見えている自転車は
たぶん昨日よりもきれいに
並べられている

初秋の
光と
空気が
自由に
流れている

無限大の未熟

幼い君は
意味を結ばない言葉を叫びながら
両腕を肩からぐるぐるまわして
精一杯の抵抗を示す
目を固く閉じているのは
周りのすべてを消し去るためか

そうだ
誰の言葉も聞き入れるな
取り囲む大人たちの

困った顔や
あきれた顔など
一瞥もするな

奴らの言うことはまやかしだ
しばらく世間を漂っているうちに
身についた贅肉を養うために
ずるくあることに慣れてしまった
そして君たちを巻き込もうと
付け狙っている老人たちの
世知辛い説教に
耳を傾けたら負けだ

今は涙と鼻水が溢れ出て
呼吸も困難になっているだろうが
その閉じた瞼の中に見える

小さな光に向かって
腕を振りまわしながら
ひとりで進んで行け

あからさまな未熟さが眩しい
幼い君よ
急ぐことはない
一生は始まったばかりで
無限大の時間が
君には与えられているのだから

身構える

何かを捕まえようと身構える
若者たちの細すぎる首
スマートさが君たちの信条だが
いくらか不格好な方が良い

百回歌って枯れた聲
脇に吹き出す汗
息苦しくて緩めた襟もと
ふらふらのスクワット

いかなる演出も加えず

ただ挑む姿は
岩石だ
波頭だ
見えない星空だ

どこから芽が出るか判らない
黒い地面が
熱を持ち
脈を打ち
やがて沸騰して踊り始める
毎日新しいステップで

未知とだけ書かれた小包を
まだ細い肩に担ぎ
汚れたスニーカーで走り出す君は
もはや全身が露草色だ

倍音奏法

見たことのない真っ暗闇を見た
聞いたことのない静寂を聞いた
手をいっぱいに伸ばしても
ただ空間に触るだけ
蠢くものの気配を感じられるが
自分の座標がわからない
そのなかで熱だけが高まってくる
凍り付いていた四肢が動き始め
その動きが速まっていき
速い動きとなり

その頂点で
僕は初対面の自分に話しかけた

五十年目の初めての発語は
突き抜けたハーモニクス
倍音奏法で
五線譜の上方はるか
線を何本書き足しても表せない高音を
長く響かせた
その音は一番遠くの地平線まで届いた

そこから原初の光が生まれ
光は増幅して
大地を照らし
世界で最初の朝となった

港のキリン

港に
キリンが
林立していた

高さ50メートル
重さ30トン

複雑に切り取られた入り江で
てんでに水の方を向いている

ガントリークレーン

そのからだはうつろで
こどもが手放した風船や海鳥までが
通り抜けていく

だが骨組みこそがおまえの本質
いかなる重量にも踏み堪えて
船の荷物を引き上げる

赤と白とに塗り分けられ

船が着かない日には
ひたすら立ちすくみ
互いに呼び交わすこともない

サバンナの風に吹かれながら
いつも遠くを眺めている
本物のキリンたちは
おまえのことを知らないが
機能だけを追求して造り出されたおまえが
キリンの姿をしていることを知ったら
それを誇りに思うだろう

港のキリンは
何も思わないが
今朝アフリカから届いた荷物を持ち上げたとき
いつもより少しだけ低い音で呻いた

柳

あなたが「柳」と言ったとき
ちいさな風が巻き起こり
僕とあなたをつないでいる
赤いリボンを揺らした

あなたが「柳」とつぶやいたとき
川面がみどり色に輝き
その上を僕とあなたの時間が
とめどなく流れた

あなたが「柳」とささやいたとき
衣擦れが遠くから聞こえ
僕とあなたの間から
すべての物質が消え去った

あなたが「柳」と口に出したとき
大気に青臭い虹が立ち
呼吸が僕とあなたの
二つのからだを往復する

あなたが「柳」と口走ったとき
芽吹いた未来は緑青の苦さ
過去と現在を捨て去った
僕とあなたへのあらかじめの刑罰

桜

ここが僕たちの新しい街だねと
パパたちが街路に植えた樹が
やがて花のトンネルになった

その樹が初めて花を付けるまでに
家族に起こった出来事

花が咲いてから散るまでの間に
何を残せるのか競おうと駆け回り

花びらが
枝を離れてから
地面に届くまでの時間に
話した言葉が
舗道を覆っていく

期間限定の
桜餅
桜湯
桜あんパン

誰かが最初に
サクラと呼んだ日から
今日までに生まれたこどもたちが
満たされない思いに
爪を噛んでいる

新緑の桜は
もう誰にも見られていないが
片時も休まずに
人間を観察している

団地の爺ちゃんたち

義母が老人ホームに入ってから
元職人の義父は
すべての家事を見事にこなし
毎日義母のもとに通った

一人暮らしになった義父のところに
いつのまにか団地の爺ちゃんたちが集まってきて
酒を飲んだりカラオケをしたりするようになっていた
義母の葬儀でも彼らが一列目を陣取った

やがて義父は運転を諦め
アシスト付き自転車も手放し
ついに歩けなくなって
義兄の住む宇治の特別養護老人ホームに移った

それぞれの境遇を抱えた爺ちゃんたちは
電車とバスを乗り継いで
月に一度は顔を見せに来てくれた

妻からの電話に始まった長い一日
形通りの儀式が終わって
喪服の親戚たちはそれぞれ帰路に着き
斎場に泊まる僕たちだけが残った

カタドオリノギシキ
愛すべき人との大切な別れが

こんな血の通わない形式で終わってしまうことに
僕は鈍い怒りを感じていた

そこに
慌ただしく駆け込んできた団地の爺ちゃんたちは
まったくみすぼらしい普段着のまま
我先に棺に駆け寄った

「ようがんばったなあ」
「もう痛くなくなったなあ」
「まっすぐお母ちゃんの所に行くんやで」

翌日の葬儀は豪雨となったが
負けずに泣いてくれたのは
団地の爺ちゃんたちだった
骨揚げが終わると空は晴れ上がっていた

勿忘草

転居したばかりの土地で
妻が植物園に行きたいと言う

大きな地図を広げ
バスを下りてから十分以上の道のりも
先に立って歩いて行く

たどりついた大温室では
洋ランのコンテストが開催されていた
あまりにもきらびやかな作品群だが

妻はそれに見向きもせず
絶滅危惧種の集められた
奥の小さな温室に入って行った

名前も知らない草花に囲まれて
横たわっていた
一群れのワスレナグサ
それは亡くなった義母であった

背が低く
小さな花びら
控えめな水色
それでも辛抱強く生きていて

誰が名付けたのか勿忘草
Forget-me-not

僕たちはその日
忘れられようもないその人に
もう一度出会った

絵具箱

近所の画材店で見た油絵の道具箱を
父にねだって買ってもらった
小学校の最終学年だった

箱は木製でとても四角だった
小さな鎌型の金具を回転させると
完全に平たく開いた

片方に二つ折りのパレット
もう片方に数本の絵筆

不思議な匂いの油壺
色彩のチューブ
柳腰のペイントナイフ

本当は油絵が描きたかったのよりも
この箱が欲しかっただけなのかも知れない

その道具で海の絵を描いた
一度だけ家族で行った若狭の海だった
次に同級生の肖像画を手掛けたが
顔に見えるより前に飽きてしまったのは
モデルのオザキ君だったか僕自身であったか

私立中学に入学が決まって両親の家を出て行くとき
絵具箱を持って行かなかった
中学二年の一学期でバレーボール部を逃げだし

美術部に入ってみたが一枚の絵も描かずに吹奏楽部に移った

切手やコインの収集
アマチュア無線の通信講座
押し入れにあったギターをいじってみたり
僕が何かを始めようとすることにいつも協力的だった父が
定年退職を迎えて油絵を描きはじめた
息子よりは緻密な作品を幾つか完成させたが
いつしか父も絵を描かなくなった

それから数十年
絵具箱は僕の手元に戻ってきた
一度も蓋をあけることもなく
引っ越しの度に持ち歩いていたが
捨てることを決めた

ホコリを払って
小さな鎌形の金具を回転させると
完全に平たく開いた
几帳面な父らしく
パレットはきれいに洗われて
絵具が少しも遺っていなかった

桃へのオード

幼いころ
特急列車に乗る旅に限って
桃の缶ジュースが飲めた
缶に付属している小さなペグで
口があたる場所だけではなく
反対側にも穴を開ける

外と内との境目に開いた口から
外界の恵みを受け入れようとして
恐る恐る開いた唇が触れた

流れ込む白桃の香りと味

桃は桃色
少しの汚れも許されない
永遠の無垢
気高く甘い香り
果汁はなまめかしく白濁し
濡れた指は乾くことを知らない

いきなり手を伸ばしてはいけない
たやすく傷ついてしまうのだから
手袋をして遠慮がちに手を触れ
一玉ずつ緩衝材に包んで
箱に収め
そおっとそおっと持ち運ぶ

噛みついてはいけない
大きな種で怪我をする
頬ずりをしてもいけない
乱暴者を罰するため
柔肌には見えないほど微細な
針が隠されていて
死ぬまで消えない傷跡を残す

日曜日のレモン

都内から通学してくるナカノ君に誘われて
地方出身で寮住まいの僕は初めて
お堀と線路が交叉する
都心の駅で降りた

「喰べかけの檸檬　聖橋から放る
快速電車の赤い色が　それとすれ違う」*
レモンを投げている人はいなかった

西洋のお城のような名曲喫茶の内階段を昇ると

巨大なコンデンサスピーカーの祭壇
参拝者の全員が前向きに座り
西陽を浴びながら
無言で名曲を聴いていた
ブラームス……だった

ナカノ君を真似て注文した
甘みのないレモンゼリー
感心して少しずつ食べていたら
ナカノ君が「マズイな」と言ったので
これは不味いゼリーなのかとまた感心した

リクエスト用紙に
音楽の時間に聞いて覚えていた
ケテルビー作曲「ペルシャの市場にて」と書いた
ナカノ君は一瞬長い顔をして用紙を届けてくれたが

リクエストはついにスピーカーから流れなかった

「喰べかけの夢を　聖橋から放る
各駅停車の檸檬色が　それをかみくだく」*

暗くなる前に僕は寮に帰り
少し甘いレモンドロップを囓った
まだ何も始まっていなかった

*さだまさしの歌「檸檬」より

特急スペーシア

特急スペーシアは
トーブニッコー TN25 からアサクサ TS01 までの
百三十五光年をわずか百八分で飛行する
最新型宇宙ロケットだ

ロケット飛来の極秘情報を得たボーヤ隊員は
偉大な宇宙船と接見することへの期待で
ヒガシムコージマ駅のホームを駆け回っていた
母親の姿はなく
明らかに不慣れな父親が

隊員の後を追いかけていた

やっとたどりついた土曜日
急な休日出勤を余儀なくされて
僕は折りたたみ傘の露を落としながら
父と子の姿を目の端で追っていた

スペーシア飛来の時刻が迫る
駆け出してしまわないよう
後ろから抱きかかえた父親の腕の中
ボーヤ隊員はまだ何も見えない内から
大きく大きく手を振り続けていた

汽笛一声

憧れの宇宙船が

ホームに最接近する一瞬
「ボーヤ隊員に向かって最敬礼！」
操縦士と副操縦士揃っての
揺るぎない挙手答礼が
はっきりと見えた

重要情報の交信完了！

ボーヤ隊員は飛び去るスペーシアに手を振り続け
父親の眼差しが輝いた
そして
居合わせた全員の瞳に虹が架かった

雪が溶けて

隠れていたこどもたちが
野球場に戻ってきた
松かさが歩道に散らばり
歩きにくい

つま先立ちの俺は
一カ月後どこにいるのだろうか
不透明な季節が
もう何度も繰り返された

電話が鳴ると
背広を着て
扉を叩き
行き先を戴く

自分で決めたことは一度もない

編みかけたセーターを
一息にほどき
鞄一つで
特急列車に飛び乗る

見知らぬ駅で下り
初対面の相棒たちと
生業を開始する
お土産はなあに

数えきれない他者と
瞬時に
色濃く
すれ違ってきたこと

人形遣いの修行は
足十年、左十年というが
俺たちの鉄則は
三日目には十年目の顔
今日の野球場には
御隠居チームのユニホームが騒ぎ
俺は松かさを掃き集め
再び旅の人となる

惑星

新しい任地でも
仕事の内容が判ってくると
定時に帰宅することは難しくなった

秋も深まってくると
午後六時にはもう真っ暗で
胸には点滅灯
背中には反射材を付けて
人通りの少ない帰路をたどる
時に速度を緩めない車が

からだスレスレに走り去って
恐怖を感じる
せっかく拾った命を
自動車なんぞに奪われてたまるか

南西の空
あまりに明るい二つの星が目に刺さるので調べてみると
木星と金星が接近していて
そのあいだには土星もあるはずと目を凝らすと
たしかに暗い輝きを捉えることができた
流石に輪っかまでは見えない

太陽になれなかった巨大な木星《ジュピター》に
きらめく衣をまとった金星《ビーナス》がよりそい
その中間に怪しい土星《サターン》が潜んでいる

すばやく移動する明るい星たちを
惑う星と名付け
運命を託した昔の人たち

中学生のころから
ホルストの組曲「惑星」が大好きだったが
生まれてこの方
これほど夕空を見上げたことはなく
宵の明星以外の惑星を
認識したのは初めてだった

山国は夜空も豊かだ

旅立ちを前に

あと数日で
見知らぬ土地に旅立つ
初めて会う人たちと
ともに働き始める

小学校も三回変わったのだから
〝漂泊〟は早くから染みついている
世帯を持ってから九度目の引っ越しで
家族はすっかり手慣れている

海のない県に初めて暮らす
最も高い標高で寝起きを始める
四方を高山に囲まれて
人びとは何を喜び
何に悲しんでいるのだろうか

いつもと同じく与えられた新しい場所

今は行くことだけで頭がいっぱいだが
行った先で
幾月かを経て
もう後戻りできないことに
後から気づく

空気は清らかだろうか
水は冷たいだろうか

夜更けには何の音が響くのだろう
明け方には何色の光が見えるのだろう

別れを惜しんでくれる人たちに
充分にお礼を言うことはできない
お礼をすることもできない
ここでの暮らしは静かに終わりを告げる

旅の人

移り住んだ土地では
余所者のことを優しく「旅の人」と呼ぶ
さすらう旅人に憧れていた僕は
いつしか旅の人になっていた

客地に生まれ
何度も所を変えた僕は
出生地でも　二親の故郷でも
遊学の地でも　現勤務地でも
いつも例外なく旅の人だった

土着を目指すことは許されない
旅の人として生き続けるしかない

夜空に鉄琴の音が響いて
濃紺の闇深く
凍ったアスファルトに映る
街灯が長く伸びていた

鉄琴を叩いているのは死者か生者か
この音が聞こえたら
狼煙をあげてくれ
手旗信号で伝えられるか
空き瓶通信を川に流し
風船に付けて空に飛ばしてくれ

下りてきた白い風船には

種の入った袋が結び付けられていたが
この土地に植えて良い物だか
尋ねられる相手がいない

昨日から幾度もベランダに止まって
家人をイラつかせていた鳩は
実は隠密　隠れ伝書鳩なのだが
脚に取り付けられた通信を
読む手段が見付けられないでいる

田中健太郎　たなか・けんたろう

一九六三年生まれ

詩集

『満潮時』（一九八四年、備後圏企画）

『灰色の父』（一九九一年、銀河書房）

『深海探索艇』（二〇〇七年、木偶詩社）

『犬釘』（二〇一三年、思潮社）

エッセイ集

『旅ゆくヒトガタ』（二〇一七年、響文社）

洞窟《どうくつ》の麦《むぎ》

著者
田中健太郎《たなかけんたろう》
発行者
小田啓之
発行所
株式会社 思潮社
〒一六二―〇八四二 東京都新宿区市谷砂土原町三―十五
電話 〇三（五八〇五）七五〇一（営業）
〇三（三二六七）八一四一（編集）
印刷・製本
三報社印刷株式会社
発行日
二〇二四年九月三十日